T'es trop moche, Jim Caboche !

Loi n°49956 du 16 juillet 1949 sur les publications destinées à la jeunesse
ISBN 978-2-09-251409-2
N° éditeur : 10169761 - Dépôt légal : mai 2010
Imprimé en France par Pollina - L53877C

T'es trop moche, Jim Caboche !

Texte de Guy Jimenes

Illustré par Benjamin Chaud

Nathan

Le papa d'Arno bricole sous la voiture. Arno s'approche doucement... il lève son sabre en bois et crie très fort :

Sors de là,
Jim Caboche !
!

– Arrête, Arno !

Je n’ai pas le temps.

Mais son papa continue de bricoler.

Déçu, Arno retourne à la maison.

Il va se plaindre à sa maman :

– C’est normal, répond-elle.
Il n’a pas mis son costume !

– Bien sûr ! Un vrai de vrai !

Et tous les deux descendent à la cave.
Dans l'escalier, maman explique :
un jour, papa et elle se sont déguisés
pour...

Arno a tout de suite deviné.

D’une grosse malle,
sa maman commence
à sortir…

Oh non !
Une robe de sorcière,
une perruque,
un balai...

Arno n’est pas content :

Mais, tout à coup, il aperçoit…

– Et tu n’as pas tout vu !
signale sa maman. Voici le pantalon,
la ceinture et même…

Arno saisit vivement la tenue de pirate et remonte l'escalier à toute vitesse.

Son papa bricole toujours
sous la voiture.

Cette fois, papa sort la tête
de sous le moteur.
– Fiche-moi la paix, Arno ! Tu vois bien
que je suis occupé !
Arno pose la tenue par terre et s'en va
en marmonnant :

Mais bientôt, il entend derrière lui :

– Tu t'enfuis, Tom-le-Peureux.

Tu as eu peur de Caboche !

C'est Papa, torse nu.

Il a enfilé son costume de pirate.

Peur de toi ? Laisse-moi rire, t'es trop moche, Jim Caboche !

Et Tom-Sans-Peur lui fonce dessus.
Jim ne recule pas assez vite.
Tom lui donne deux coups de sabre
sur le derrière.

– Aïe et ouille ! Tu as gagné, Tom !
Je me rends !

Ils ont chaud. Arno ôte son polo pour être torse nu, comme son papa. Il saute dans la vieille remorque au fond du jardin.

Voilà notre navire.

Dès que Jim Caboche est à bord,
Tom-Sans-Peur ordonne :

– Terre ! hurle Jim aussitôt.

Les pirates descendent du navire
et marchent vers le sombre château.
– Où se cache-t-elle ?
chuchote Jim Caboche.

Tom et Jim avancent sans bruit.
Mais Crapette surgit derrière eux.
– Ah, mes pirates,
je vous attrape !
ricane la sorcière.

Arno est stupéfait :
Crapette nous a bien eus. Ah, Jim Caboche, quelle pétoche !

Le texte à lire dans les bulles est conçu
pour l'apprenti-lecteur.
Il respecte les apprentissages du programme de CP :
le niveau TRÈS FACILE correspond
aux acquis de septembre à décembre,
et le niveau FACILE à ceux de janvier à juin.

Cette histoire a été testée à deux voix
par Sophie Dubern, institutrice, et des enfants de CP.

Découvre d'autres histoires dans la collection
nathanpoche premières lectures

LECTURE FACILE

Ici, Super Juju !
de René Gouichoux, illustré par Thomas Baas

Un super **secret**, un super **costume**, des super **pouvoirs** : Super Juju passe son temps à sauver la planète. Mais le métier de **superhéros** peut être difficile pour un petit garçon, surtout si ce dernier tombe amoureux…

Alerte rouge !
de Christophe Nicolas, illustré par Benoît Perroud

Buz 455 est une abeille très **sérieuse**, travailleuse et expérimentée. Bi, **débutante**, ne pense qu'à s'amuser et à défier les règles. Or, Buz va devoir former Bi au **métier** d'abeille : une journée piquante en perspective !

Il fait glagla !
de Christian Lamblin, illustré par Aurélien Débat

Sur la planète d'Okimi, il fait toujours chaud. Mais un soir, tout change : l'air devient **glagla** et le sol fait **cre-cre** dès qu'on marche dessus. Attention à ne pas attraper le **snif-snif** !

nathanpoche premières lectures

Que la vie est belle !

de René Gouichoux, illustré par Mylène Rigaudie

Kouma la girafe se trouve trop **grande**. Son ami, Toriki le lièvre, lui, se dit trop **petit**. Ils décident tous deux d'aller trouver Marabout, l'oiseau-sorcier qui réalise les **souhaits**. Mais attention, la savane réserve bien des surprises…. de **taille** !

La tour Eiffel a des ailes !

de Mymi Doinet, illustré par Aurélien Débat

Aujourd'hui, la tour Eiffel a des fourmis non pas dans les jambes mais dans les **piliers** : la **dame de fer** a envie de bouger ! Et si elle prenait des petites vacances, loin de **Paris** ? Voici une **touriste** peu ordinaire !

Sauve qui pou !

de Mymi Doinet, illustré par Gaëtan Dorémus

Pablito, le petit **pou**, est ravi : il a trouvé une **tête** où faire son nid ! Il glisse sur les nattes de Sara comme sur des toboggans. Mais la fillette n'est pas d'accord. Elle en a assez de se **grattouiller** la tête. Gare à toi petit pou, la chasse est ouverte !